WHAT IS "ALL EARS READING"?

The first step in helping to build confident children & healthy relationships

To celebrate the unique bond children and pets share, Target, Purina and Tony La Russa's Animal Rescue Foundation have partnered to create All Ears Reading. This philosophy encourages reading by creating a supportive environment for children that fosters an eagerness to read. Pets are the perfect reading partner because they are attentive, non-judgmental and comforting. Creating a special time to read together will help build the bond between children and their pets while growing personal confidence and skill.

Dogs, cats, rabbits, guinea pigs and all companion animals make great reading partners. At home, at school, at the library—sharing story time with an attentive animal brings out a love of books and cultivates the self-confidence it takes to read aloud. Please visit www.AllEarsReading.org to learn more about this exciting partnership.

To learn more about Target's commitment to reading visit

www.ReadySitRead.com

Reading is more fun when someone listens.
This book is made to read out loud to your pet.

Find a comfy spot, sit quietly and speak in
a soft voice, so your pet knows it is reading
time, not playtime.

When you are ready to read, your pet
will be "All Ears!"

Inspired by Tony La Russa
and his daughters, Bianca and Devon.

Illustrated by Judy Love

Banjo met Leo after school every day, rain or shine. This was their favorite time of the day.

What does YOUR pet smell like when he or she gets wet?
An old overcoat?
A billy goat?
A root beer float?

Banjo jumped
in every single
mud puddle
along the way.

"Phew!" Leo said,
"Banjo needs a bath."
Banjo went **BONKERS!**
He raced down the hall,
crashed into a table,
and hid behind the chair!

Leo peeked at Banjo.
It was dusty and dark
behind the chair.
"Banjo, it's just a bath,"
he said.

Banjo howled,
"a-rooooooo!"
when he heard the word
"bath." He hung his head
down low and looked up
at Leo with sad eyes.

"Bath" said Leo.
"A-ROOOOOOOO!"
wailed Banjo,
even louder this time.

Is YOUR pet listening
to your story
about Banjo?
How do you know?

At the dinner table, Leo told his mother, "I just said he needs a bath."

There was that
word again!
When Banjo
heard "bath,"
he zoomed off.

After dinner,
Leo found him
hiding deep
in the closet.

The next day, Leo had an idea.
Banjo knows what "bath" means,
but he can't spell it.

What would happen
if Leo spelled the word
instead of saying it?

"B - A - T - H"
Leo said to Banjo.

Banjo did not run away.
He did not even hang
his head down low or
look up with sad eyes.

"Banjo, it's time
for a B - A - T - H."

Banjo just scratched
his ear and snorted.

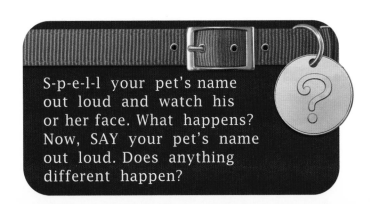

S-p-e-l-l your pet's name
out loud and watch his
or her face. What happens?
Now, SAY your pet's name
out loud. Does anything
different happen?

It was almost easy to
get Banjo into the tub.

When the B - A - T - H was over,
Banjo got a T - R - E - A - T
for a job well done.

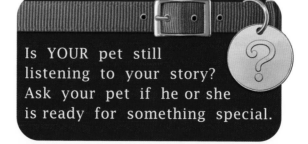

Is YOUR pet still
listening to your story?
Ask your pet if he or she
is ready for something special.

Now when Banjo
gets dirty,
Leo calls him
for a
B - A - T - H.

It's time for a TREAT!
Now reward your good listener
with a treat and a hug
from you!

"Thanks for being my
reading buddy. Great job!"

Cats love treats too!

¡A los gatos también les
encantan las golosinas!

¡Es hora de una
GOLOSINA!
¡Ahora premia a tu buen
oyente con una golosina
y un abrazo!

"Gracias por ser mi compañero de
lectura. ¡Excelente trabajo!"

Ahora cuando
Banjo se ensucia,
Leo lo llama para
darle un
B - A - Ñ - O.

Después del B – A – Ñ – O,
Leo premió a Banjo con una
G - O - L - O - S - I - N - A por lo
bien que se portó durante el baño.

¿Sigue TU mascota
escuchando el cuento?
Pregúntale si está lista
para alguna cosa especial.

Fue incluso fácil meter a
Banjo en la bañera.

"B - A - Ñ - O"
Le dijo Leo a Banjo.

Banjo no se escapó.
Tampoco agachó su cabeza
casi hasta el piso, ni lo
miró con ojos tristes.

"Banjo, es hora de
darte un B - A - Ñ - O".

Banjo sólo se rascó
la oreja y resopló.

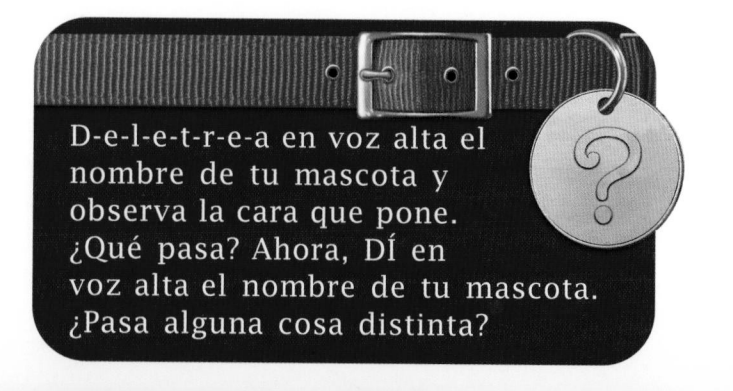

D-e-l-e-t-r-e-a en voz alta el
nombre de tu mascota y
observa la cara que pone.
¿Qué pasa? Ahora, Dí en
voz alta el nombre de tu mascota.
¿Pasa alguna cosa distinta?

Al día siguiente, Leo tuvo una idea. Banjo sabía lo que quiere decir la palabra "baño", pero no sabía cómo deletrearla.

¿Qué pasaría si Leo deletreara la palabra en lugar de decirla toda junta?

Después de la cena,
Leo lo encontró
muy escondidito
en el clóset.

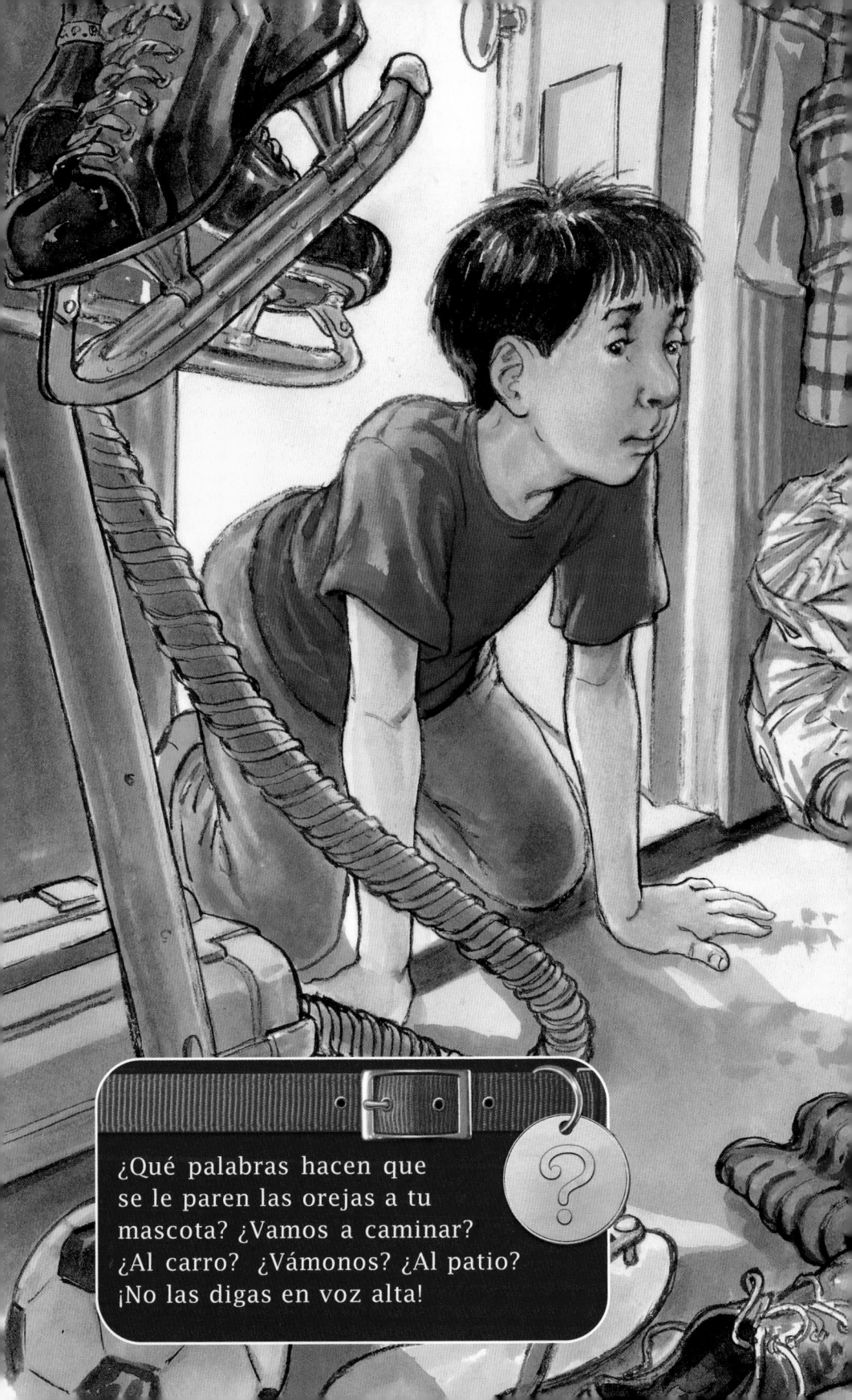

¿Qué palabras hacen que se le paren las orejas a tu mascota? ¿Vamos a caminar? ¿Al carro? ¿Vámonos? ¿Al patio? ¡No las digas en voz alta!

¡Otra vez esa palabra!
Cuando Banjo oyó
"baño", salió
disparado.

En la mesa del comedor,
Leo le dijo a su mamá
"Yo sólo dije que
necesita un baño".

Leo le echó una mirada rápida
a Banjo que estaba todo sucio
y enlodado detrás de un sillón.
"Banjo, es sólo un baño",
le dijo.

Banjo comenzó a aullar,
"¡Auuu, Auuu!",
cuando oyó la palabra "baño".
Con su cabeza agachada casi hasta
el piso, miró a Leo con ojos tristes.

"Baño" le dijo Leo.
Esta vez Banjo gimió
más fuerte
"¡Auuu, Auuu!".

¿Está TU mascota
escuchando el cuento
acerca de Banjo?
¿Cómo lo sabes?

"¡Uf!" dijo Leo,
"Banjo necesita un baño".
¡Banjo PERDIÓ EL CONTROL!
Lleno de miedo escapó a toda velocidad
por el pasillo, chocó contra una mesita y
se escondió detrás de un sillón.

Banjo saltaba en todos
los charcos de lodo
que encontraba en
su camino.

Todos los días aunque lloviera, tronara o brillara el sol, Banjo salía a recibir Leo cuando regresaba de la escuela. Era la hora favorit. del día para los dos.

¿A qué huele TU mascota cuando está mojada? ¿A saco viejo? ¿A chivo? ¿A root beer float?

BANJO RECIBE UN B-A-Ñ-O

Inspirado en Tony La Russa
y sus hijas, Bianca y Devon.

Ilustrado por Judy Love

La lectura es más divertida cuando alguien escucha. Este libro fue escrito para que se lo leas en voz alta a tu mascota.

Busca un rinconcito cómodo, siéntate sin hacer ruido y habla bajito para que tu mascota sepa que es la hora de leer, no de jugar.

¡Cuando estés listo para leer, tu mascota será tu "Compañero de lectura".